RACCONTI DELLA NONNA - I

IL PRIMO DELLA SERIE

TERESA DI SCLAFANI DE NASCA

INDICE

1. Storia di Alia: la città giardino   1

2. Parlare di miracoli   5

3. Pasta fatta in casa   9

4. L'Italia e le guerre   11

5. Giuliano   15

6. Mafia e campagna   17

7. Preparazione del pane   21

8. La storia dei capelli rossi   23

9. Il mio polso rotto   25

10. La fine della guerra   27

11. Venezuela   29

12. Don Chisciotte della Mancia   31

13. La storia di una famiglia che nega il diritto di nascere   45

14. Italia, terra di emigranti   49

15. Battaglia del Volturno   53

16. Romanzo Giulietta e Romeo: figli di criminali   57

17. Storia di una donna ingannata da un gentiluomo senza scrupoli   65

18. Gli uomini non piangono   67

19. Donna senza vergogna   69

20. La mafia della mia terra   71

21. Storia del mio villaggio: Alia, 1615 - 1860   75

22. Contro la mafia   77

23. I più grandi criminali del mondo   79

Sull'autrice   87

Altre opere di Teresa Di Sclafani De Nasca   89

Racconti della Nonna - I

Il primo della serie

Pubblicato da TecnoTur

Impaginazione di Allan Tépper

ISBN della versione stampata con copertina morbida:

979-8-9925106-9-0

ISBN della versione elettronica (*ebook*):

979-8-9988687-0-2

Dedico questo lavoro a:

-Mio figlio, il professor Carlos Sayas Torres, nato da un miracolo. Un abbraccio e un bacio dalla tua mamma che ti ama tanto.

-I miei figli Toni ed Enzo.

-I miei tre nipoti, Salvatore Jesus, Enzito e Salvatore Antonio. Baci a tutti.

1

STORIA DI ALIA:
LA CITTÀ GIARDINO

Questo è il mio villaggio, dove io sono nata il 16 febbraio 1940 e mio marito Salvatore Nazca il 15 marzo 1931. Ci siamo sposati il 22 agosto 1959 e siamo partiti per il Venezuela il 22 novembre 1959. Ricordo la mia infanzia, in quel villaggio benedetto da Dio. È su una montagna con una parte più bassa, la montagna chiamata *Pizzo della Raciura* e un'altra in salita tutta scalinata che porta al Rabatello, dove si trova il Calvario. Nella Settimana Santa ci sono processioni, preghiere e canti, poi c'è la Chiesa Madre accanto al palazzo Guccione dove il 2 luglio si celebra la festa più grande dell'anno, quella della Madonna, dove ci sono tutti gli apostoli, le vergini, San Giuseppe e la Vergine Addolorata. C'è un orologio che sveglia la gente alla stessa ora, le 4 del mattino. C'è la piccolissima chiesa di San José e la chiesa di Santa Ana, grande e piena di ricordi. Sulla scala ci sono delle grate, un ricordo lasciato da Salvatore Nazca quando aveva sedici anni.

Quel villaggio di Alia si salvò dalla distruzione, perché si accorsero che i cannoni erano troppo bassi e decisero di metterli in alto. La famiglia Lopresti, erede di Alia, ricchi proprietari terrieri di cui sono erede attraverso le due nonne di mio padre e di mia madre, faceva sempre una festa. Un difetto era però che i dipendenti non ricevevano nulla. Così si vendicarono: una mattina di gelo lasciarono fuori tutto il bestiame e solo il toro si salvò e andò nella grotta, per questo si chiama Grotta del Tabaro, che si trova al cancello.

C'erano due scuole: una a San José, molto antica, per i giovani e i geni, e la nuova scuola per i ragazzi. C'erano diversi insegnanti molto bravi: c'era il maestro Macaluso, che faceva paura a tutti perché era molto esigente. Un giorno alla settimana portava gli studenti nei campi a lavorare sulla sua terra.

Il mare dista 30 chilometri e la prima volta che l'ho visto avevo otto anni. Io e mio padre stavamo andando a Palermo per visitare il dottor Gucciones e ricordo che dall'alto del treno mio padre mi disse: «Guarda il mare» Mio padre gli portò i fagioli, era ora. Quando arrivammo, mia cognata era molto felice e gridò: pasta con la *fritella*. Il lunedì mi portò per una radiografia. All'epoca era come un armadio lungo e alto e c'era una barra che lo attraversava per farla. Il risultato è stato lo stesso.

Era l'epoca del fascismo di Benito Mussolini, che era il cane della monarchia e aveva cacciato il monarca Filippo II, mandandolo in esilio e prendendolo il potere. Erano tempi molto brutti, l'Italia era arretrata, senza acqua, elettricità o impianti idraulici. Mio padre aveva una strada dietro casa che usava per buttare la spazzatura e lì pose un tubo fino al ponte – tutto passava sotto di esso – era a circa 200 metri ed era la Via Nazionale. E così abbiamo resistito fino alla caduta di Mussolini. Anche se dicono di no, è vero che dava ai poveri 10 grammi di pane al giorno e 100 grammi di carne alla settimana alla famiglia.

Chi aveva terra e bestiame viveva bene. Mio nonno Gaetano Di Sclafani salpò per New York nel 1906 su una nave piena di siciliani. Abbiamo un elenco di tutti i cognomi che viaggiavano con lui. Allora c'era il dollaro e in Italia c'era la lira. In soli due anni di permanenza, comprò terreni, case e bestiame. Vivevamo bene, eravamo una classe media.

La Sicilia fu invasa da spagnoli e francesi e ci furono i Vespri siciliani, in cui uscirono uomini, donne e bambini. Dopo le 17 la parola d'ordine era «*ciciri*» Se non sapevano pronunciarla, «Fuori» dicevano, e venivano buttati fuori.

Alia è ai piedi di una montagna piena di ovini. Siamo saliti sul *Pizzo della Raciura* ed è stato più facile salire che scendere. C'era la festa di Capodanno il 31 dell'anno, c'erano feste, si facevano dolci e si riceveva il vestito nuovo nelle tende della finestra, dolci e due carboni nelle maniche del vestito. Era una festa di famiglia. A febbraio arrivava il Carnevale, gli ultimi giorni c'era la festa dei pastori. Si ballava e si mangiava molto. C'era il Calvario, dove si andava durante la Settimana Santa per pregare e cantare. C'è una zona rurale chiamata Marcato bianco. Mio padre aveva un terreno vicino e con i vicini andava alla festa del Crocifisso a maggio.

C'erano corse di cavalli, molto cibo, venditori di tutto, la gente approfittava dell'occasione per comprare. Ogni domenica padre Cuchiara andava a celebrare la messa. C'era un solo maestro che insegnava a tutte le classi. Erano tutti molto ricchi, tutti proprietari terrieri con molte terre e bestiame che appartenevano a Castronovo. La vita in paese, visto che avevamo terra e bestiame, andava molto bene. Papà si recava alla fiera per vendere il bestiame, indossava pantaloni di pelle nera lunghi fino al ginocchio, pantaloni estivi e un cappello. Ricordo anche le galline ovaiole. Ricordo che i pulcini tornavano a casa da soli. Se un maiale cresceva e veniva ucciso in ottobre, si facevano salsicce, lardo e burro. Nonostante tutto, la vita era molto bella, perché le persone che lavoravano avevano abbastanza da mangiare ogni giorno.

2

PARLARE DI MIRACOLI

Una donna di trentadue anni rimase incinta. Lavorava molto con i trasporti, con un veicolo proprio e con un socio. Quando le mancavano i veicoli, chiamava le cooperative colombiane al confine. Erano tempi duri, il lavoro non dava molto. Il marito lavorava da Puerto la Cruz a La Vergareña, vicino al Brasile. Nel 1972 rimase incinta e andò alla farmacia lì vicino. Le diedero due pillole e lei abortì un feto simile in dimensioni a una mano. Spaventata, chiamò una vicina e le disse: «Quel feto era un maschio»

Andò a Porto Rico e nacque un bambino. Questa signora ha avuto due apparizioni di un giovane di circa venticinque anni. Stava arrivando da Orlando, aveva un figlio con un'attività commerciale, era molto stanca quando è arrivata all'aeroporto di Caracas e le è apparso un giovane che le disse: «Sdraiati» Lei rispose: «Ho paura, ci sono i ladri» Lui aveva uno zaino, le prese i libri e glieli mise sotto la testa, si tolse il cappello e glielo mise sopra. «La sveglio», disse. La chiamarono alle 8 perché l'aereo stava per partire. Lui disse: «Mamma, mamma, il tuo aereo sta per partire» Lei si alzò e rispose: «Mio angelo custode, quando ti vedrò?», e lui: «Non lo so»

Un'altra volta, nello stesso aeroporto, i giovani iniziarono a dire che i topi uscivano nelle prime ore del mattino. Uno dei giovani andò a cercare una sedia o un divano e le disse: «Sdraiati, ci occuperemo dei topi» Quando l'aereo stava per partire, la chiamarono. Sono cose della vita. Questo giovane arrivò negli Stati Uniti dopo molto tempo, dopo essersi laureato a Porto Rico diventando cardiologo e chirurgo. Era un eminente chirurgo dunque, e arrivò negli Stati Uniti circa sei anni fa.

All'ospedale una signora disse al figlio: «Trovami un cardiologo» Vide su internet che ce n'era uno eccezionale, prese un appuntamento e ci andò. Disse che le era piaciuto. Poi si trasferì in un ospedale più vicino e lei continuò ad andarci con appuntamenti molto costanti. Una volta, guardandolo negli occhi, disse: «Un quadro di legno con una cornice intagliata che dice 'professore tale e quale'. Non voglio fare il suo nome, né tanto meno il suo cognome, è ben noto da molti colloqui» Continuò la sua simpatia tra i due.

Un anziano molto cattolico disse a questa signora: «Sono molto religioso, studio la reincarnazione, si faccia fare il DNA» La signora lo fece fare. Il 20 maggio andò a fare un consulto e il 28 maggio lui le disse che a questa signora era stata data una nuova vita. Tutta la sua famiglia era in Italia e lei andava sempre alla Chiesa Madre e parlava con Monsignore, che aveva novantatré anni. Lui rispose: «I miracoli esistono» È stata un'incarnazione, come quella della Vergine Maria quando l'Angelo Gabriele le annunciò che sarebbe diventata madre. La somiglianza era che le aveva dato intelligenza, gentilezza, laboriosità, umiltà, tutto ciò che coincideva con il contegno della signora.

Arrivata negli Stati Uniti, scoprì che un padre molto anziano le diceva la stessa cosa. Lei gli disse di andare dal Vescovo, ma lui era troppo occupato e non poteva. Gli scrisse una lettera ben scritta e gli diede la risposta. La trascrisse e inviò al Papa e aspettò una risposta.

3

PASTA FATTA IN CASA

In paese la pasta si faceva in casa con l'abridio, uno strumento con un buco in cucina e una barra che si girava e usciva la pasta, di qualsiasi tipo si volesse. Il grano veniva mandato a essere macinato lontano, dove c'erano le mafie e a volte lo portavano via. Il pane si faceva nella macchina e il forno a legna.

Durante la Settimana Santa, il martorio veniva realizzato davanti alla chiesa di Santa Ana, che veniva abbassata. Il 19 marzo la chiesa affittava le sedie di San José e preparava pane dolce e cannoli ripieni di ricotta. Sono state fatte delle piccole vergini per i poveri, le vergini di San Giuseppe e dodici piccole vergini. Venne preparata una tavola molto grande, alla quale parteciparono tutti coloro che appartenevano a San Giuseppe e alla Vergine Immacolata. Parteciparono alla lavanda dei piedi durante la Settimana Santa.

Per i giovani, durante la Settimana Santa, c'erano esercizi in chiesa nelle prime ore del mattino e le ragazze lanciavano loro torte. Alcune di quelle che avevano un fidanzato prendevano un piccolo indumento e andavano con lui, stavano fuori per qualche giorno e tornavano battendosi il seno, in modo che i genitori le perdonassero.

4

L'ITALIA E LE GUERRE

Si dovettero fare grandi sacrifici per tirare avanti e, dopo la guerra del '15-'18, l'Italia rimase distrutta e affamata, con la gente a piedi e molti morti. Anche nella seconda guerra mondiale venne distrutta, solo il Vaticano fu risparmiato. Papa Pio V andò incontro ai soldati per chiedere loro di non entrare in Vaticano e si salvò, come racconta la storia.

I tedeschi non pagarono mai i danni, nonostante i molti morti e molti mutilati, molte vedove e orfani. A quel tempo il governo italiano dava una miseria in pensioni, perché non aveva soldi. Era un periodo di terrore. Gli americani mandarono vestiti usati, latte in polvere e farina di ceci per fare la polenta.

Il Venezuela all'epoca dell'emigrazione era un Paese che riceveva molti immigrati dall'Italia, dal Portogallo, dalle isole, da Madrid e da tutti i Paesi che volevano emigrare. Erano tempi ricchi e felici, tempi di Juan Vicente Gómez, di Angarita e del generale Pérez Jiménez. Quest'ultimo fu cacciato il 23 gennaio 1958 e il Venezuela, terra ricca di petrolio e di tutti i minerali, peggiorò.

Subentrarono gli Adecos, il Presidente Betancourt e Leoni. Arrivarono Copei e Caldera, e fu lo stesso. Carlos Andrés entrò e ipotecò il Paese. Luis Herrera non rubò, ma fece rubare gli altri. Ancora Caldera, la dittatura di Chávez e l'ultima, la dittatura di Maduro.

Più di 7 milioni di venezuelani partirono per cercare fortuna in altri Paesi. Erano rovinati e tutto venne rubato. A quel punto vinse un democratico ma non gli diedero il posto. Continuano a sgattaiolare via, in cerca di altri orizzonti. Finirono come i cubani qui negli Stati Uniti, un Paese molto ricco che è quasi come il terzo mondo.

Spero che arrivi un buon governo per poter vivere in pace. Tutta l'America Latina non sta bene, la gente ha abbandonato le campagne e pensa di vivere meglio in altri Paesi. Non sanno che la campagna è ciò che dà.

Gli italiani sono stati in giro per il mondo, lavorando in tutto e per tutto, risollevando paesi che erano in cattive condizioni. L'Italia non è stata fortunata con i governi in carica. Se non fosse per il turismo, che attira più di 30 milioni di persone all'anno, non potrebbe vivere. I ristoranti costano poco, ci sono alberghi per tutte le fasce di prezzo, anche le case famiglia. È per questo che i turisti ci vanno, perché è economico per loro. C'è una metropolitana che fa il giro dell'Europa, ci sono molte belle chiese e in Francia c'è la chiesa più bella del mondo.

L'Italia ha belle chiese e belle piazze. Per questo i turisti vanno a Torino, dove si trova il sudario della Maddalena, con il quale ella asciugò il sudore di Dio. A Padova c'è la lingua viva di Sant'Antonio. C'è lo Stretto di Messina, dove ci sono autobus e carrozze. A Palermo si mangiano *gli arancini* e ci sono le piazze del Montello, che sono le migliori del mondo.

La chiesa di Murriales, la Torre di Pisa che sta sprofondando da un lato a poco a poco. Ci sono molti souvenir dall'Inghilterra, le vecchie cose davanti alla Torre di Pisa, la chiesa che è fatta di oro a 18 carati.

L'Inghilterra è una monarchia e dove oggi non c'è monarchia non c'è vita, essendo morta la regina Elisabetta. È possibile che la situazione cambi con il nuovo re e i nipoti. Il Re di Spagna ha cambiato molte regole, riceve un piccolo stipendio. Ci sono diverse isole che hanno regni molto moderni. Ci sono molte belle storie e ricordi.

5

GIULIANO

Ci sono scrittori che dicono che Giuliano era un bandito e che fu decapitato. Non è vero, divenne un bandito per necessità e circostanze. La polizia era in combutta con la mafia. I mafiosi passavano con veicoli pieni di armi e droga e loro li facevano passare. Giuliano, invece, passava in bicicletta con dei sacchi di farina e glieli portavano via. A quel punto si armò di piede di porco e uccise due poliziotti. Si diede alla clandestinità, prendendo dai ricchi e donando ai poveri, entrava nelle case e la gente lo faceva entrare. Me lo ricordo molto bene. Purtroppo suo cugino lo tradì e venne ucciso.

La guerra a Trieste lasciò molti morti, come nel resto d'Italia. C'erano soldati che rimanevano a Trieste e si sposavano, e poi c'erano quelli che tornavano. Un soldato si innamorò di Doña Lola, l'unica figlia di una ricca famiglia, e la portò in Sicilia, ingannandola dicendo di essere ricco. Di tutte le dimore che le mostrò, disse che la sua era la migliore, finché non arrivò al villaggio di Alia, in un quartiere di Santa Rosalia, dove vivevano i genitori di lei.

La donna vide che si trattava di un quartiere povero. Inizialmente, era molto innamorata ma in seguito suo padre le disse che se se ne fosse andata, non sarebbe tornata. La donna si abituò a quella baracca e al bisogno in cui viveva, non si lamentò mai, era contenta di tutto. Aveva portato con sé abiti di lusso e i suoi quadri. Se andava a riempire l'acqua a valle di dove viveva, ricordo che veniva criticata per questi suoi beni. Anche quando uscivamo da scuola gridavamo: «Doña Lola con tre canole, una balla per te e due suonano per te»

È deplorevole. Ha scritto un libro sulla sua vita che ha avuto successo dopo la sua morte e un altro libro che ha scritto sulla vita della gente di Alia. Scriveva anche bugie sulle persone, indossava scarpe con le borchie e mentiva. Mia nonna era del 1890 ed è morta nel 1972. Portava scarpe con il tacco, aveva una borsa e una valigia. Suor Ana portava sempre un cappello e si dice che portasse il velo come i musulmani. Ho sostenuto il fiduciario a ritirare tutti questi libri di menzogne. La gente di oggi sa che è una bugia, ma tra vent'anni i giovani non sapranno che lo era.

6

MAFIA E CAMPAGNA

Per molti anni i militari, i governi e i tribunali erano tutti mafiosi. Uccidevano, minacciavano, chiedevano denaro. I poveri venivano uccisi perché non ne avevano, ai ricchi venivano fatte pagare le «vacune» C'erano altre mafie che pretendevano oggetti d'oro, comodini, lampade, parrucche, persino sedie. Il furto era eccessivo. C'erano pianoforti e strumenti musicali e si facevano feste a cui tutti partecipavano. Persone molto ricche che si divertivano a spese dei lavoratori, si facevano il sangue lavorando nei campi.

Prima, a chi lavorava la terra veniva data la metà e doveva fornire le sementi e i prodotti chimici, e non rimaneva nulla. Poi, con la riforma agraria, le sementi e i prodotti chimici venivano dati al proprietario. I contadini dovevano tirare fuori le spighe. C'erano delle aree rotonde dove le mettevano e con due muli iniziavano a calpestare tutte quelle spighe. Poiché portavano il velo, erano chiamate le Vergini di Gibilmanna.

Ne estraevano il corpo e l'anima finché non potevano dividere il grano dalla paglia. Il grano veniva portato per essere venduto e la paglia veniva ammucchiata per il cibo in inverno, per gli animali e il bestiame. Alcuni facevano una festa in paese, davano loro del vino da bere e del grano, in occasione della festa della Madonna Santa Rosalia l'Addolorata. Si facevano feste con musica e cantanti e tutti mettevano in vendita i loro prodotti. Oggi non si fanno più queste feste, i tempi sono complicati e le spese sono tante.

C'erano molti che agivano in nome delle mafie e quelli erano peggio, non sapevano quello che facevano ma i forti finivano con loro. Erano i morti cattivi. C'erano le contro-mafie, grandi gruppi che a volte finivano male se non resistevano.

Era un periodo molto brutto, i bambini venivano rubati per attraversare le frontiere e altri per il riscatto. C'era un ospedale dove suore e un prete facevano sparire i neonati e li vendevano ai neri, che li pagavano molto bene. Questo succedeva spesso in Argentina. Quando questi bambini crescevano e vedevano che erano bianchi e i loro genitori erano neri, cominciavano a sospettare di non essere i loro figli e cercavano dappertutto fino a scoprire chi fossero i genitori.

Oggi molti sono tornati, ci sono single e padri che tornano con le loro mogli e i loro figli, ci sono quelli che riavranno le loro madri vive e ci sono quelli che sono già morti. In Argentina, le famiglie vanno ancora in Plaza Primero de Mayo a piangere i loro figli. È deplorevole l'atrocità che una madre ha subito per un'altra che si è venduta per un pugno di soldi. Una storia triste. Le persone muoiono, le storie restano. La storia di un pezzo di Paese è molto lunga e complicata.

7

PREPARAZIONE DEL PANE

Prima si prepara il terreno per l'aratura e poi si rimuovono tutti gli arbusti. In aprile si seminano i semi e si usano fertilizzanti chimici per farli crescere. Nel mese di giugno, uomini e donne separano le spighe dal tronco, le spighe vengono messe all'aria e il tronco viene legato con la stessa paglia. Creano grandi aree e le puliscono per mettere le spighe e iniziare la battitura. Uomini e donne, il marito che calpesta con due muli e le donne che tolgono le spighe dall'area e le buttano dentro. Mettono da parte la paglia e il grano che verrà venduto, perché devono lasciarne abbastanza per mangiare durante l'anno.

Quando andavano al mulino per macinare, tutti i detriti e le piccole pietre dovevano essere rimossi e portati al mulino. La farina ottenuta dall'impasto del pane viene messa in una rete di legno, vi si aggiunge il lievito e l'acqua e si impasta. Il forno viene riscaldato con la legna, prima da un lato e poi dall'altro. Si toglie la cenere, si mette la pagnotta rotonda e la si tiene dentro per circa mezz'ora. La si tira fuori e la si mette in un cestino pronta per essere mangiata. I commensali non si accorgono di quanto lavoro serva per fare il pane sulla tavola.

Per quanto riguarda la storia della legna da ardere per fare il pane, si mette un seme molto piccolo, se è in montagna è meglio. Bisogna versare acqua ogni giorno, altrimenti si secca. Cercate l'acqua di un fiume, a volte vicino e a volte lontano, aspettate che diventino grandi, ci vorranno anni. Si tolgono i rami che servivano per cucinare e i fornelli. Il tronco viene estratto, tagliato in piccoli pezzi e utilizzato per riscaldare il forno. Per cuocere il pane si utilizza il carbone che si usa per i fornelli. Oggi i giovani non sanno quanto costava un pezzo di pane. C'è il forno elettrico e il pane caldo tutti i giorni. Belle storie.

8

LA STORIA DEI CAPELLI ROSSI

La piccola dai capelli rossi portava una forcina in testa e viveva con i genitori e i fratelli. I suoi nonni vivevano lontano, ma andava a visitarli ogni giorno, perché voleva molto bene alla nonna e al nonno. Un giorno disse alla madre: «Vado dai miei nonni» La madre le disse: «Fai molta attenzione» Lei rispose: «Non preoccuparti, mamma, so come prendermi cura di me stessa»

Si mise in viaggio verso i nonni, attraversando montagne, boschi e molti pericoli, ma la cosa più pericolosa era ciò che stava per arrivare. Incontra un pappagallo che le dice: «Dove vai, cappuccetto rosso?» Risponde: «Dai miei nonni» Cammina, trova un piccione che le dice: «Dove vai, cappuccetto rosso?» Lei risponde: «Dai miei nonni» Continua a camminare e trova un uccellino: «Dove vai, piccolo cappuccetto rosso?» «Dai miei nonni» e prosegue. Trova un gattino che le dice: «Dove vai, piccolo cappuccetto rosso?» «Dai miei nonni» Continua a camminare. «Dove vai, cappuccetto rosso?», dice una pecorella. «Dai miei nonni» Lei continua a camminare. «Dove vai, cappuccetto rosso?», dice il lupo. «Vado dai miei nonni» «Ti mangio» e apre la sua grande bocca.

Inizia a correre spaventata e passa un uomo con la moglie. La afferra e la mette tra le braccia di lei. Lei lotta per non fargli nulla, tira fuori un coltello e uccide il lupo. La piccola cappuccetto rosso gli dice: «Ti ho battuto, lupo. Tu sei morto e io sono viva e vado dai miei nonni. Tu resta morto e noi ti bruceremo»

9

IL MIO POLSO ROTTO

C'era una bambina il cui padre le aveva comprato una bambola. In tempo di guerra nessuno aveva bambole e lei giocava ogni giorno con i suoi amichetti. La bambina era molto carina e affascinante. Accanto c'era un parcheggio che apparteneva alla zia Concetta e a due nipoti che avevano una falegnameria. Uno dei nipoti era Giuseppe, alto e bello, e l'altro era Ciccito, basso e allegro.

I bambini venivano ogni giorno a vedere quali mobili erano stati realizzati per loro. Giuseppe era serio e non li guardava, ma Ciccito era giocherellone e giocava con loro. Dovevano dargli baci e abbracci e lui fece loro delle culle, dei tavoli e due poltroncine. Finché un giorno aveva un gatto e lui glielo prese dalle mani e lo ruppe. La bambina pianse molto.

10

LA FINE DELLA GUERRA

Molti tornarono gravemente feriti, altri senza vestiti e scarpe, magri ma felici perché avevano raggiunto il loro obiettivo: vincere la guerra per la patria con l'aiuto dell'esercito americano.

L'Italia era distrutta e senza soldi, puro spreco. I camioncini verdi erano in ogni città e lasciavano cadere dolci e cioccolatini, portando gioia ai bambini. Andarono a Palermo, la città più bella della Sicilia. Palermo, «*La Conca d'Oro*»

Ballarono, suonarono la musica migliore e giocarono a calcio con i bambini. Che gioia! Momenti di felicità. Fecero il bagno nella migliore spiaggia del Montello. La gente portava loro cibo e bevande: una vera festa.

L'Italia avrebbe pensato alla ricostruzione. Gli italiani sistemarono il Paese e a poco a poco iniziò la ricostruzione.

C'erano molti rifiuti lasciati dai tedeschi, che non si erano preoccupati di raccogliere tutte le armi che avevano lasciato. Finalmente un'Italia pulita e senza malattie. «Viva l'Italia», gridavano i soldati, e la gente si univa a loro con entusiasmo, perché gli italiani non volevano la guerra.

11

VENEZUELA

Un Paese ricco di petrolio, oro, diamanti, bauxite, minerali e tutte le ricchezze che Dio può dare.

Ci furono molti immigrati, da tutti i Paesi del mondo. C'erano indiani, pellerossa e neri. Qualcuno cadde a causa della solitudine che sentiva con queste persone molto cattive. Le persone si sentivano sole. C'era chi portava con sé la propria famiglia e chi invece non voleva partire. Queste persone passarono un periodo difficile. I maracuchi impazzivano per un italiano o per altre nazionalità.

Conoscevo diversi casi e ne citerò due molto gravi. Uno è morto e non sappiamo se sia stato ucciso. Aveva inviato alcuni risparmi e due mesi dopo arrivò la notizia della sua morte. Rimasero la vedova, l'anziana madre, tre bambine e un bambino, che dovette lavorare fin da piccolo.

Un'altra signora spagnola era pronta a viaggiare con i suoi figli, un maschio e una femmina. Seppe che una donna lo aveva ucciso quando aveva scoperto che la moglie stava arrivando con i bambini e lo uccise per gelosia. La donna era pronta a viaggiare, così si mise in viaggio e trovò un lavoro in una scuola e poi stipulò un'assicurazione. Lavorò molto duramente per mantenere la famiglia.

Sposò un barbiere e i figli studiarono. L'uomo ebbe una carriera nel campo dell'istruzione e la donna lo stesso. L'uomo divenne rettore, un grande uomo. Questa fu l'emigrazione. C'è chi ha vinto e chi ha perso. Questa è la triste storia.

12

DON CHISCIOTTE DELLA MANCIA

Il cavaliere errante della vita moderna. I giovani devono conoscere questa storia a partire dalle loro esperienze di vita, con una formazione storica e intellettuale. Erano eroi dell'epoca, medici specialisti, eroi della letteratura.

Nel 1605 le pubblicazioni di Miguel de Cervantes si confrontano con diverse situazioni. La sua vita era la letteratura e diversa da quella dell'epoca, la letteratura dell'arciprete per le celestine a sfondo folcloristico che erano in uso a quel tempo. Don Chisciotte e Sancio non sono lo stesso personaggio, né hanno lo stesso stile. Anche con la propria letteratura, Miguel de Cervantes si confronta con persone che non vedono di buon occhio.

Le altre risorse sono state indirizzate e non c'è stato un punto di riferimento. Bisognava studiare le creazioni di Don Chisciotte per leggere i suoi scritti originali. Non sembra un romanzo, è molto curioso e pittoresco, vestito con abiti molto colorati. Bisogna leggere i suoi racconti, con le loro ideologie lontane dal mondo moderno. I racconti de «Le mille e una notte», dove una donna sognava mille notti e non finiva i suoi sogni. Avventure che potrebbero essere viste come la guerra del secolo.

Cervantes nacque nella città di Trento, inaugurata prima della sua nascita e la lasciò quando aveva quindici anni. Ludovico arrivò in Spagna e i suoi cannoni non c'erano ancora. Era l'epoca dell'imperatore Carlo V, della Campagna del Gesù e del pensiero cristiano. C'era stata la Battaglia di Lepanto nei secoli passati sotto il comando di Don Giovanni d'Austria, tornato dalla prigionia, assente dalla patria.

Luis era in cattività mentre Cervantes era in Africa, con più odio e potere, con falsi inganni. Poté dire: «Ecco la mia patria» Luis era nella prigione dell'Inquisizione e Cervantes in quella dell'Africa. Per quanto ci siano odio e inganni, amari, i soldati di Lepanto furono sconfitti e pieni di molti progetti. L'invincibile armata che trionfa, il pirata, è che c'è giubilo. Si conferma la nuova sconfitta e si pensa al futuro. L'esperienza di Cervantes fu decisiva. Morì a quarant'anni.

L'eroismo di Lepanto inizia con Don Chisciotte, il cavaliere, che non è armato di ferro, ma alza la sua forza alla cieca, è sovrumano. Sconfitto con grande fede e ragione, come le navi che Filippo II aveva mandato a combattere le tempeste. Dopo la tempesta viene la calma. Il vento, il cielo, dice Cervantes, è l'atteggiamento eroico di Don Chisciotte.

La corte della morte, la festa di nozze di Camacho, le grotte di Montesino, le avventure, le beffe delle cose dei duchi. Don Chisciotte entrò in città e partecipò alla festa delle dame, venendo costretto a ballare con loro.

Nel 1569, Cervantes si trovava a Roma, fuggito dalla Spagna a causa delle sue ferite. Antonio de Sigura lo condannò alla ribellione, al servizio di Giulio Acquaviva, cardinale nel 1570. Presto si trovò nel ruolo di soldato, in compagnia del capitano Diego de Urbina, cugino di Miguel de Moncada, che si imbarcò su La Marquesa.

Il 7 ottobre 1571, la marina cristiana era comandata da Giovanni d'Austria. Otto anni dopo, la marina turca fu riconosciuta nella battaglia navale. Miguel de Cervantes era malato e sconvolto. Il capitano e i suoi amici gli dissero che era malato, che avrebbe dovuto rimanere sotto il letto. Lui rispose che no, sarebbe rimasto a combattere per Dio e per il Re. Gli dissero di non salire sul ponte a causa della sua malattia. Combatté i Turchi come un soldato.

Juan de Austria cercò di portare a termine la battaglia navale e fu ferito a una mano, la sinistra, che rimase con una malformazione. Cervantes fu curato e tornò soldato, partecipando a diverse azioni militari.

Nel 1780 l'Accademia Reale Spagnola volle recuperare il testo più affidabile. John Baule, pastore della chiesa di Edmonton, lo pubblicò nel 1781 a Londra e a Salisburgo, accompagnato da diversi scritti.

Cervantes, la lingua e la conoscenza, lo studio moderno raggiungerà un personaggio. L'edizione di Bruxelles del 1607, quella di Madrid del 1636 e del 1637, erano indipendenti l'una dall'altra con esigenze grafiche e romantiche. Gli scudieri devono lasciare il banchetto e le loro anime sono oscurate dal fatto di non poter mangiare al banchetto, il pasto importante. Il banchetto di Camacho è presente nelle edizioni del 1605 e a Madrid nel 1765.

Per fare giustizia, dice l'autore, per mantenere il luogo. Cervantes sta giocando con l'intenzione di tenere il digiuno e le feste, osservando i precetti della chiesa. L'ingegnoso Hidalgo Don Quijote de la Mancha, composto da Miguel de Cervantes Saavedra, diretto dal Marchese Gibraleón, Conte di Benalcázar y Bañares, Visconte della Puebla de Alcocer, Signore delle Ville di Capilla, Curiel e Burguillos. Con privilegi a Madrid di Juan de la Cuesta.

Iniziano i turni antichi, Re VII 1254 in quelli moderni e Samuele VII 1254. Le storie nominano il fiume Mole. È stato detto dal re di Spagna con nascita in casa e morte in mare. Gli oceani baciano le mura della famosa città di Lisbona. Nell'opinione delle sabbie dorate, si tratta di ladri che raccontano le storie dei cacos, quelle dei cori, delle donne meretrici con i vescovi di Mondoñedo, che presteranno Lamia, Laida e Flora che hanno crediti di crudeltà.

La principessa Dulcinea, padrona del cuore prigioniero e di molte afflizioni. Vado a salutarla, non mi rimproveri il rigore delle afflizioni e la bellezza del suo cuore che manca di amore. Vedo Don Chisciotte caduto e innamorato, umiliato dalla fortezza.

Cosa ne pensa delle vendite? Per me, signor Castigliano, tutto è buono. Il mio mestiere sono le armi, il mio riposo è combattere come un soldato. Non sono mai un cavaliere di dame ben servite, come lo era Don Chisciotte, quando veniva dal suo villaggio con fanciulle che lo curavano. Principessa del suo ronzino. Ronzinante è il nome, mia signora, del mio cavallo, e Don Chisciotte della Mancia, la mia stazione, che non vorrebbe scoprirmi per le azioni compiute al vostro servizio.

«Romanzo dei vecchi di Sasporote», risponde Don Chisciotte, «perché capisco, mi fa male il caso. Viene da quel giorno alle costole, chiama l'eglefino, l'Andalusia, il merluzzo. Dio renda molto fortunato il vostro culto, cavaliere, e gli dia buona sorte.» Cosa accadde al cavaliere quando uscì all'alba verso la locanda, baldanzoso e sbruffone? Il cavaliere armato scoppiò gioiosamente la sella del cavallo, venendo alla memoria per portare con sé le memorie e la camicia per l'ufficio e lo scudetto.

Ronzinante conosce le preghiere, i ringraziamenti che faccio al cielo, camminando con i piedi per terra. Il contadino abbassa la testa e risponde una parola. Don Chisciotte gli chiede quanto gli deve. «73 reali è l'importo. Digli che li pagherò subito.» Il villano risponde di sfuggita che aveva giurato e che non ha giurato più. «Riceverò le tre scarpe che vi ho dato e i due trampoli. Non ho soldi qui, vieni a camminare con me, paghiamo il barbiere, Sancio è malato. Che male fa il signore, non ho soldi. È una brutta annata, signor Bartolomeo.»

«La disgrazia del cavaliere, o nobile marchese di Mantova, mio zio e signore carnale regnante e moglie, con l'amore del figlio dell'imperatore. Signore Quijana devo chiamarvi quando avrò giudizio. Sosegado con i signori continua la storia d'amore. A tutti coloro a cui chiede, a Don Rodrigo de Narvaez e al Marchese di Mantova o a Pedro Alonso, miei vicini di casa, vostra eccellenza non è Valdovino o Abindarráez, ma l'onorevole Hidalgo del signor Quijana. So chi sono», risponde Don Chisciotte, «e so di poter parlare con dodici pari di Francia.»

Nicolás è il nome del barbiere che legge libri di avventura giorno e notte. Così fa il signor Reinaldo Montalbán, il cavaliere della Croce, specchio della cavalleria. La seconda uscita del nostro cavaliere Don Chisciotte della Mancia, del più valoroso Don Chisciotte, è stata nelle avventure dei mulini a vento. Sono già ventitré le persone che dicono di amare le sue avventure. La ragione discreta, ho trascorso con il suo maestro delle avventure, che ha trascorso con corpo morto e con nuovi eventi.

Sono un cavaliere della Mancia, chiamato Don Chisciotte. Se non vi soddisfa, amateli facilmente, sarà la vostra misericordia la libertà che Don Chisciotte ha dato a molti sfortunati. Per la malvagità dei suoi gradi li conduce dove vuole, restando dal barbiere per servire i soldati. Cosa succede al famoso Don Chisciotte? Nella Sierra Morena, che è una delle più grandi avventure di questo vero cavaliere, di cui si racconterà la storia.

O manca di amore o di conoscenza, o ha troppa crudeltà o dispiaceri, chi tratta gli stranieri. Che cos'è Sierra Morena? Che sia per il prode cavaliere della Mancia e per gli inviti che hanno fatto penitenza. Beltenebros, sovranità e alte dame, la gelida assenza ha raggiunto il cuore della dolcissima Dulcinea del Toboso.

Ti mando la salute che lui non ha. Tu sei la bellezza che mi disprezza, lascia che il tuo valore per il tuo disprezzo e il mio trinceramento, donna, lascia che io sia il caso sofferto dal tuo cuore. Tienimi nel tuo letto, coraggiosa compagna, e fammi durare. Il mio buon scudiero Sancio ti darà piena relazione, giusto e ingrato, cuore amato, mio nemico. Nel mondo delle lotte e delle cause, vedi se ti piaccio, mio amato, se no, metti fine alla mia vita. Io farò sacrifici e tu sarai sempre crudele con i miei desideri. Così vado avanti fino alla morte.

Il cavaliere della triste figura, gli alberi, le erbe e i cespugli che in questo luogo sono così alti e verdi. Tu sei il mio male, tu lo sei. Ascolta il mio lamento, guarisci le mie pene. Non ti detesto, amore, anche se sei terribile, sei un uccello. Don Chisciotte piange l'assenza di Dulcinea del Toboso e qui, il luogo dove si trova la sua amata, fedele al suo signore si nasconde e ha subito molti torti. Senza conoscere il cuore, l'amore è una spina cattiva, così per il nipote.

Qui Don Chisciotte piange l'assenza di Dulcinea del Toboso, che vaga con il cuore in cerca di avventure. Attraverso gli stenti, maledicendo gli stranieri, e con l'acqua e con il dolore, trova tristi avventure. L'amore con il flagello, con le piante compagne, implorando il cuore. Qui Don Chisciotte piange l'assenza di Dulcinea del Toboso.

Scritture malvagie placate dalle loro intenzioni. Il prete e il barbiere sono un'altra cosa, degna di essere raccontata in questa umile storia che tratta di cose nuove, piacevoli e meschine. Il prete e il barbiere scuotono anche le seghe che hanno, le discrezioni di sorella Dorotea, un'altra cosa di gusti e passatempi. Era una questione di astuti artifici, di ordini. Cavaliere innamorato della speranza, delle penitenze che ha fatto per essere graziato, del cibo saporito che non mi invita.

Ragionando passano davanti alla fontana Don Chisciotte e Sancio Panza, scudiero della nazione e soldato impertinente che aveva salvato il popolo. Cosa succede, cosa è successo al popolo e alla ragione? Le bande di Don Chisciotte fino a quando non raccontano i romanzi del soldato impertinente. Aumenta il dolore per il popolo e finisce l'impertinenza, aumenta la vergogna per Don Pedro. Per il giorno in cui il santo si prostra non c'è nessuno. Si vergogna di se stesso, di vedere il peccatore con il suo magnetismo con i petti della vergogna. Non solo per spostare il suo gazebo, che vergogna. «Oh, il mio cuore!» Si muove per essere una vedetta che si vergogna di guardare che è in cielo e in terra.

La donna coinvolta non si muove, non viene toccata e non viene vista, con la maschera che indossa per non guardare il suo cuore. È meglio che si alzi in piedi e che ritrovi la sanità mentale. C'è un pericolo di rottura, quello che mi fa male al cuore è l'opinione che hanno tutti ragione sui punti. Che se al mondo ci sono le Dana, ci sono le docce d'oro e che il cuore piange. Cerco la morte e la vita, l'opinione e la libertà, le uscite chiuse con il traditore. Leale con la morte da cui non ti aspetti mai nulla di buono, con il cielo e con i suoi statuti, l'impossibile ancor più di dove sono i romanzi dei curiosi impertinenti.

Il silenzio delle notti quando nel dolce sonno dei mortali e dei poveri, contano i ricchi impertinenti che non amano il popolo. Quando il sole scende, si perde per il rosato con i sospiri dell'est, con sospiri e accenti ineguali. Ci sono le vecchie liti che rinnovano i regali e quando il sole è stellato, facendo raggi sulla terra, il pianto cresce e il lamento nell'incontro mortale. Il cielo è sordo e non ha orecchie. Io muoio, non mi crede. Inoltre, chiudo gli occhi per morire e, quanto è vero, ritorno nell'oblio e tu puoi vedermi.

All'oblio, vite e glorie abbandonate, oggi si stenderanno sul petto, morti come fratelli. Il volto è scolpito nel deserto. Oggi se vedete il mio petto aperto, con il bel volto che è scolpito nelle reliquie, con la dura trance mi minaccia e mi sfida. Che ti dia forza chi naviga, chi minaccia e sfida la tua stessa forza, chi naviga con il cielo scuro per mare e cielo, via pericolosa dove è nord ed è porto. Deve cercare grandi battaglie, che Don Chisciotte attende con cuoio e vino rosso, e con un grande successo che lo vende e lo scuote.

Dove arrivano le storie della famosa infanta Micomicona, con le stelle, la grazia dell'avventura che intenerisce il cuore. In questa terra arida, portò giù queste zolle sul terreno l'anima santa di tremila soldati. Si arrampicarono con vivacità e migliori dimore, essendo stato prima invano che esercitassero con forza la loro corsa sforzata fino alla fine. È poco, stanco, ha vita al filo delle spade. Questo è il terreno amato che ammorbidisce il cuore.

La mia memoria è cieca nei secoli passati, presente nel cuore il miglior prestigio, la speranza che i suoi seni duri aprano il cielo limpido. Le anime salivano al cielo, ancora teneva corpi di coraggiosi che cercavano gente buona. Cosa accadde un giorno lontano, vendendo altri popoli, molti sono degni di sapere. Dolce è la mia speranza di rompere le erbacce che seguono la via ferma. Tu stesso ti raddrizzi, debole vederti a ogni passo insieme, e della tua morte non giungeranno i pigri, onesti trionfi senza vittorie. Alcuni che possono essere beati, quelli che contrastano questo e la fortuna vengono a liberare l'ozio indifeso, morbido con tutti i sensi, l'amore e la sua gloria vengono con la faccia alla ragione.

Quando si arriva non c'è contratto equo. Non c'è pegno migliore di quello del cuore, ottocento carati per i suoi gusti. E chi manifesta non stima che pochi conti amorosi porfia, forse raggiunge il firmamento, impossibile da seguire perché tempra il cuore. Forse potrà raggiungere un giorno il cielo con la mia e dell'amore, difficile l'effetto con tanta voce che Don Chisciotte dava, aprendo di porta in porta le vendite per consegnare il suo cuore.

Dove l'inchiesta è finita, dove le madrine dell'albarda hanno dato altre avventure, ma è successa tutta la verità. Cosa apparirà a vostra signoria, signora, disse il barbiere che affermava questo. «Gentilhombre aún porfía que está en el pasillo, señor Belmo que trató de convencer al cabrero en todos los que llevaban al valiente de Don Quijote, los académicos de los organillos y del soldado prepotente.»

La vita e la morte si stringono la mano e il valoroso Don Chisciotte della Mancia, il calvatrueno che adornava la Mancia, con i bottini che passano da Creta il giudizio delle affilate banderuole, si fece meglio il braccio delle forze larghe. Tanto si allargano che arrivano del Catai fino a Gaeta le muse più orrende e più discrete che incidono versi in lastre di bronzo e che lasciano le code alle Amadi. Galaores aveva molto poco, nel suo amore e nelle sue bizzarrie, colui che mise a tacere i Belianise, colui che vagò su Ronzinante, giace sotto questa fredda lastra.

Questo che vedi, il volto amondongado, alto di seno e per di più vivace, in Dulcinea regina di Toboso, di cui il grande Chisciotte era innamorato. Con lei andò e tornò dalla grande Sierra Negra, e il famoso soldato nei campi di Montiel, fino alla bella pianura di Aranjuez, a piedi e stanco a causa di Ronzinante. O stella dura! E quella signora della Mancia che ti invitò cavaliere errante, in teneri anni lasciò scritti moribondi, non poté sentire di amori con ira e inganno, di capricciosi e discreti studiosi delle argamasille, in lode di Ronzinante, cavallo di Don Chisciotte della Mancia.

Sbagliato: ho visto questo libro intitolato Segunda parte de Don Quijote de la Mancha composto da Miguel de Cervantes Saavedra e non vi è nulla in esso degno di nota che non corrisponda all'originale. Datato a Madrid il 21 ottobre 1615.

Approvato per commissione e mandato dei signori dei consigli e avendo visto il libro contenuto in questo memoriale, non contiene nulla contro la fede o i buoni costumi. Piuttosto il libro di molti divertimenti leciti mescolati con molta filosofia morale può essere dato in licenza di stampa, a Madrid il 5 novembre 1615.

Ottenne l'approvazione e venne mandato dei Signori del Consiglio. Ho visto la seconda parte del Don Chisciotte della Mancia di Miguel de Cervantes Saavedra e non contiene nulla contro la nostra santa fede cattolica o i buoni costumi, ma molti onesti svaghi e pacifici divertimenti che gli antichi giudicavano adatti alle loro repubbliche. Anche i severi Lacedemoni eressero statue e risate, e quelli della Tessaglia gli dedicarono feste, come dice Pausania, citato in Bosius, *De signis Ecclesiae*. Incoraggiava gli spiriti appassiti e malinconici.

Di ciò che ricordava Tullio, nel primo *De legibus* e il poeta, dicendo «*Interpone tuis interdum gaudia curis*», ciò che fa l'autore mescolando i veri tori, il dolce e il proficuo e la morale alle facezie, dissimulando nell'esca del donare, l'amo della riprovazione dei libri di cavalleria. Infatti, con buona diligenza, l'uomo illustre della nostra nazione ha per lo più ripulito l'ammirazione e l'invidia degli stranieri dal suo onore contagioso. Questa è la mia opinione, tranne che a Madrid il 17 marzo 1615.

Approvazione per commissione, signor Gutiérrez de Cetinos, Vicario Generale di questa Villa di Madrid, Corte di Sua Maestà. Ho visto il libro della seconda parte, ingegnoso gentiluomo Don Chisciotte della Mancia, ha il privilegio da parte di Miguel de Cervantes Saavedra, non è stato fatto presente che ha composto la seconda parte del Don Chisciotte della Mancia, del quale c'è la presentazione dal libro delle storie. Il sindaco delle case e della corte, della cancelleria e di qualsiasi altro, della giustizia di tutte le città, ville e luoghi dei nostri regni e signorie e di ciascuno nella sua giurisdizione a quelli che sono ora come saranno d'ora in poi. Che mantenga e adempia a questa nostra cella che facciamo contro di loro, per non passare in alcun modo le sanzioni alla nostra misericordia di diecimila maravedí per la nostra camera. Datato a Madrid, il giorno 30 del mese di maggio dell'anno 1615. Io, il Re. Per mandato del Re, il nostro signore Pedro de Contreras.

13

LA STORIA DI UNA FAMIGLIA CHE NEGA IL DIRITTO DI NASCERE

Nel 1753 c'era una famiglia ricca e potente composta da padre, madre e due figlie. Il padre era molto potente e arrogante e una delle figlie si innamorò perdutamente di un uomo che non era della sua condizione. Il padre, a causa della sua arroganza, non voleva avere nulla a che fare con questa storia e non voleva che la figlia avesse figli. La ragazza disobbedì al padre e ne ebbe uno, aiutata dalla sua balia.

Il padre diede ordine di far sparire il bambino e parlò con una schiava obbediente. Quando la bambinaia si addormentò, portò via il bambino per lasciarlo andare alla deriva. Immediatamente la bambinaia si svegliò, si accorse che il bambino non c'era e, arrabbiata, uscì in strada. Si imbatté nell'uomo e litigarono. La donna nera gli promise che non avrebbero mai più avuto notizie di lei e del bambino.

Andò a cercare l'uomo che aveva il bambino e che lo aveva già messo in un cespuglio, lo abbracciò e lo porta via. Il padrone le aveva dato del denaro per sostenerla nei primi mesi. Camminò fino a quando i piedi le fecero male, arrivò a una piccola capanna ed entrò. Cominciò a cercare lavoro in paese, lavando e stirando, e lo ottenne. Lo faceva quando il bambino dormiva e così iniziò a comprargli vestiti e scarpe.

Il bambino era felice: arrivarono i primi passi e la scuola. A volte doveva spendere molti soldi per comprare le scarpe e andava a scuola con le scarpe rotte. Un giorno, un altro bambino lo afferrò, lo colpì duramente e lo gettò nel fango, da dove si rialzò ben pestato. In quel momento, passò un uomo molto elegante e gentile e gli cadde il portafoglio. Il ragazzo lo vide e lo prese.

L'uomo riconoscente voleva dargli un biglietto, ma lui rifiutò, dicendo che mamma Dolores non gli aveva insegnato che davano ricompense. Il signore riconoscente gli chiese dove abitasse e lui gli disse che viveva in un piccolo ranch. Il signore andò a trovarli la sera e la donna nera fu grata per la visita di un uomo ricco in un piccolo ranch. Le disse: «Da oggi tutte le spese di questo bambino sono a mio carico, perché vuole studiare medicina» La donna nera rispose: «Vorrei facesse l'avvocato», ma il ragazzo insistette per la medicina. Passarono gli anni, il ragazzo crebbe e studiò, sempre vestito elegantemente.

Nel frattempo, nella casa del ricco c'erano delle feste. Le figlie non volevano scendere, ma lui diceva loro che dovevano scendere, altrimenti le avrebbe picchiate. Una sera arrivò il benefattore del ragazzo, che era un amico del padre. Chiese a una delle figlie di ballare e dopo quella sera andò a trovarla. Si innamorò di lei, ma lei rispose che non avrebbe sposato né lui né nessun altro. Una sera lei gli confidò il suo segreto. L'uomo si commosse e capì che si trattava dello stesso ragazzo e della stessa donna nera.

Il ragazzo divenne un medico di prima classe, superato a pieni voti. Poiché era diventato un medico famoso, tutte le persone ricche lo chiamavano. Un giorno il nonno ricco lo chiamò e lui tornò sempre lì. Era ben accolto e si pensava che fosse alla pari con loro. Nella casa viveva la nipote che si innamorò perdutamente di lui e lui di lei. Lui le confidò di non avere un cognome, ma lei rispose che non le importava.

Un giorno, mentre il benefattore era in visita, il nonno cominciò a dire che non era alla sua altezza. La nipote insistette che non le importava e il benefattore le diede ragione. Divennero amici tra loro, compresa la madre del ragazzo che si fece suora. La nipote andava a trovarla e le diceva che il nonno non voleva che sposasse il medico. La zia rispondeva: «Cerca le risposte nel tuo cuore»

Albertico le mandò un mazzo di fiori e la zia disse alla nipote che questo gesto era stato molto importante. Un giorno l'uomo volle incontrare la zia, le disse che non aveva un cognome e la zia lo guardò: continuava ad andare a casa del nonno e voleva conoscere la sua casa. Quando capì che era la stessa donna nera che aveva preso il bambino, l'uomo si sforzò e parlò con lei, lamentandosi di varie cose. Lei gli disse: «Il nipote che hai mandato a buttare via è uscito di casa»

Barcollando, arrivò fuori e svenne. L'autista lo raccolse e lo portò a casa. La moglie non sapeva nulla e chiamò Albertico. Egli sapeva già che si trattava di suo nipote, ma non riusciva a parlare. La suora andò a trovare il padre, ma fu impossibile per lui parlare. Andò a vedere la casa e incontrò la balia. Sostenne che in tutti questi anni non l'aveva mai cercata, ma la balia si difese, gli disse che stava mentendo, che stava lavorando e che non l'aveva mai cercata. Durante questa discussione, entrò Albertico, capì che era sua madre e le abbracciò entrambe.

Albertico sposò la nipote del ricco. Ebbero un figlio ed entrambi affermarono che il diritto di nascere non può essere negato.

14

ITALIA, TERRA DI EMIGRANTI

Nel 1652 iniziò l'emigrazione in tutto il mondo. A quel tempo non c'erano comunicazioni, c'erano solo i piccioni viaggiatori. C'era un treno a carbone, strade e sentieri sterrati. L'acqua veniva attinta dal pozzo ed era acqua piovana. La vegetazione era cattiva, non c'erano prodotti chimici, non c'era industria, solo qualche pastificio. Il commercio aveva pochi prodotti, solo quello che produceva la terra.

C'erano marchesi e conti che si arricchivano alle spalle dei poveri. Erano gli spagnoli a beneficiarne, finché tutti si stancarono di vivere come schiavi e si ribellarono. Ci furono i Vespri siciliani: alla fine della giornata uomini, donne e bambini uscivano pronunciando la parola «*ciciri*» Chi non riusciva a pronunciarla, usciva. Finalmente la Sicilia fu lasciata sola con il suo popolo, c'era un marchesato e c'erano grandi personalità che governavano le città. I cittadini lottavano per sopravvivere ed era il mondo degli ineguali.

La religione era quella di Cristo, cattolica. Tutti i sacerdoti venivano da Cefalù e le donne indossavano la mantiglia. In tutti i villaggi si celebrava la festa delle vergini e c'era la chiesa di Gesù, costruita dalla principessa Lucrezia Millaccio nel XVII secolo. C'era la confraternita e in ogni villaggio c'era un Calvario, un cimitero dove i morti venivano gettati senza che nulla venisse dall'alto. C'erano molti abati, troppi da nominare.

A Palermo c'erano personaggi illustri e grandi accademie:

-Dr. Giuseppe Millaccio

-Ignazio Valturus, condannato a morte

-Il sacerdote dottor Andrea Pasquale, un grande teologo

-Monsignor Mercurio Maria Teresa

-Abbé Cipolla, confidente del Re

-Vescovo Monseñor López

-Dr. Gaetano

-Monsignor Andrea, medico dell'esercito di Napoleone

-Ferdinando III

-Abbé Ignacio Salemi

-Arciprete

-Abbé Moscarella, addio a Venezia e giudice del conclave

-Padre Cipolla, predicatore cappuccino

-Il professor Eugenio Salamine, si è distinto per la sua personalità

-Padre Alfonso, turco

-Generale Cipolla, aveva molto amore per la patria

-Il dottor Marchesano, la sua carriera in medicina

-Monsignor Saeli, che andò a Napoli e a Roma per insegnare agli altri, era un poeta nato.

-La tomba del dottor Siragusa.

Ci sono anche molti ricordi molto dolorosi, come il colera in Sicilia. Questa pericolosa malattia iniziò in India e in Cina. Padre Clares fece la promessa di essere l'ultimo a morire. Il colera scomparve e tornò nel 1867, ma fu di breve durata.

15

BATTAGLIA DEL VOLTURNO

Nella battaglia del 20 agosto 1860, i martiri furono lasciati indietro. Dopo la caduta di Napoleone, l'Italia venne divisa in piccoli Stati e cadde in miseria. La patria di Dante, Colombo, Galileo, Raffaello, Bellini, tutti uomini illustri. Gli eroi dell'indipendenza italiana, i figli d'Italia, morti, poveri e miserabili. Palermo era sotto il peggior governo borbonico e non poteva avere libertà.

Il re Vittorio Emanuele II, il più grande re dell'epoca, vide l'intera battaglia. Martino Gaeta, costosissimo a Roma. Pio IX, il giudizio datogli in Europa dove tutti i giornali si congratularono con lui. Garibaldi, uomo forte di Francia, la sua esistenza vince tutte le guerre. Padre Giovanangelo, martire della Ganea.

Formarono un comitato con il dittatore Giuseppe Garibaldi, comandante e capo generale, uomo forte nazionale in Sicilia. Durante il regno di Vittorio Emanuele II, l'Italia fu sede di molte rivolte, soprattutto in Sicilia. Rivoluzione è il popolo che muore di fame. Il 5 agosto i cittadini si scontrano con i borghesi per la terra e diversi vengono fucilati. Garibaldi invia un funzionario delle famiglie ricche a rappresentarlo.

La gloriosa polizia, il 20 agosto 1860, aveva un sacco di odio con i politici improvvisati. Il nobile popolo siciliano sopravvive alla miseria. Il prete Calogero è Magio Di Giovanni. Ai proprietari terrieri furono date terre, meloni e vino. Cancellarono il patto con un Dio sanguinario.

Il giorno del sangue, tutto era silenzioso e sotto la minaccia della morte. Un giorno fatale. Dove sta andando tutta questa gente? C'è distruzione da ogni parte. Se vedi la morte, è Satana. O Creatore, stendi le mani!

Nerone vide ciò che accadde a Roma. Le vittime furono il sacerdote Stefanino il Calabrese, Giovanni Magio, il sacerdote Gaetano Battalla, Giuseppe Saleme, l'architetto Filippo, Vincenzo Saleme, Andres Cutrona, Antonino Girafisi, Angelo Graziano. Erano tutti agonizzanti e padre Giovanni Magio era gravemente ferito. La nipote lo baciò e corse. Giovanni guardò gli assassini e questi gli spararono.

Furono fucilati l'onorevole Cicero e il sacerdote Gaetano Battalla. Padre Battalla era della congregazione di Maria SS. del Carmelo e nell'archivio è presente Gaetano Battalla, ottimo dell'Immacolata, presidente della confraternita del Monte Carmelo, confessore e ordinario. Onofrio Sapienza, accoltellato. Giuseppe Saleme, ucciso (1854-79). Morriales, Benedetti, Nescu, Salemi.

Peppi non sapeva come difendersi, il primo colpo fu inferto dall'ONU e poi da Catalano. Il signor Salemi si armò di sangue. Arciprete G. Licato, Fratello Filippo, Arciprete Calogero Licata. La Chiesa Madre pregava per tutti. Il reverendo Licata e il sacrestano erano tutti scontenti, erano affari loro.

Biagio Valvo, in quel giorno di sangue con Meri, odiava il ministro di Dio. Guardò gli assassini, si sdraiò sulla paglia e disse: «Mio Dio, come sono felice in questo letto» Il fratello gli disse che deve farsi coraggio, perché questo non sarebbe durato per sempre.

Vincenzo Salemi, un altro criminale, si allontanò dalla campagna di sangue. La moglie afferra i figli e li abbraccia; spaventata, lasciò la famiglia e corse a salvare i figli. Si dirigono verso il fiume, dove nessuno li vede. Il marito si avvicinò al patibolo, con gli occhi in aria. Non sapeva come salvarsi dalla morte, il suo cuore batteva forte, tutti lo avevano lasciato in un dolore mortale, aveva la febbre e freddo. Vincenzo era stanco e appoggiò la testa all'albero, dove pregò il destino. Un assassino gli venne incontro. Gridò: «Salvami la vita, Maria Immacolata. Fratello mio, salva mia figlia, mia moglie e mia madre. Salvami» Cadde a terra e non seppe cosa lo uccise.

Andrea Cutrona e Antonino Girafisi. Andrea Cutrona andò nel campo per non trovarli, lo seguì e li uccise. Mise nella buca Dioguardi, Sciolino, Riili, Licata e Panzarella. Cercarono di distruggere le famiglie, tutto era perduto, ma gli occhi di Dio non li abbandonarono. All'improvviso il capo del capitano Stefano Scuasa vide la povera milizia. Avevano marciato nel villaggio morente, il Peratolo. Li avevano messi sui muri di padre Gialombardo, nella casa di Gilantomor.

Perché questo martirio patriottico? Come il martirio cristiano, è il più grande. Viva l'Italia! Aiutate i fratelli, perché erano tutti onesti» Dalla disperazione alla speranza, viene convocata la corte marziale e i rivoltosi vengono condannati a morte in un processo.

La sentenza, in nome di Vittorio Emanuele, Re d'Italia, fu quella del 21 luglio 1800. Con i signori Stefano Scuasa, capitano comandante della colonia mobile; Agustino Quatrocchi; capitano Lucio D'assaro; tenente Giuseppe Palmesano; sergente maggiore Biagio Raimundo Caporale. Con l'intervento del tenente, il signor Rosario Balsamo, procuratore autorizzato, con l'assistenza del tenente Girolamo Eunice, autorizza il cancelliere a ricercare: Giolino Valenti, Filippo Gerace, Leonardo Gialombardo, Maestro Antonio Parisi, Giuseppe Gullo, Giovanni Patti, Biagio Gioia, Carmelo Lombardo.

Tutti provenienti dalla Sicilia, da Montemaggiore Belsito, accusati di truffa e di essere gli sgherri del prete Stefano Maggio, Giovanni Maggio, Gaetano Battalla e Antonino Girafisi.

16

ROMANZO GIULIETTA E ROMEO: FIGLI DI CRIMINALI

Questo accadde nel villaggio di Alia. C'era un uomo ricco e sua cugina che amava Giulietta, ma lei non lo voleva. La madre le disse che era un buon partito e lei disse: «Non voglio Gaetano»

Un giorno Giulietta si ammala e, con un mazzo di violette in mano, dà a Romeo il suo ultimo sguardo, il suo ultimo respiro e muore. Romeo viene lasciato nella disperazione l'ultima domenica di Carnevale, con la bella Giulietta. Con la testa appoggiata a un pontile, Romeo era molto triste, gli occhi fissi sul pavimento, il respiro che gli usciva dall'anima. Si chiedeva perché l'amore fosse così.

Con il nome di Romeo sulle labbra, il nome che ripeteva ogni momento. Sogna e si alza dal pianoforte stanca, con gli occhi alla luna inizia a cantare:

«Grave è il mio cuore, pace voglio da Dio. Voglio incontrarlo nella vita e non ci riesco mai. La tomba davanti a me è tutta un pianto. La terra non è mia, è una demenza lugubre. La povera testa alla mia finestra, il sole a vederla solo con il mio tetto, con il suo volto prezioso, con il potere magico»

L'anima lo guarda dolcemente dalla finestra. Con grande affetto solleva il cuore, si porta la mano al petto con un bacio di morte e comincia a piangere. Si rianima un po' e canta l'Ave Maria. Voleva cantare ma non ci riuscì, si abbandonò sul divano. Comincia a suonare il pianoforte e non ci riesce. Contempla la luna, quella senza luce lunare. Contempla la luna, la luna spietata della sua passione.

Sua madre è alla porta.

«Giulietta, perché da sola, sempre da sola?»

«Mamma, sono infelice. Trascorro i giorni più belli con tristezza»

«Figlia mia, la vita è una sola. Devi seguire la routine della vita come hanno fatto i nostri padri, noi abbiamo vissuto come i criminali che eravamo e saremo fino alla morte. Non abbandonare te stessa.»

Romeo sarà qui a momenti, ma non lascerà sua madre da sola per te. È molto malata e non può camminare. Vive in una piccola città, un villaggio per così dire, dove non c'è nulla, né cibo né acqua. Come puoi lasciarla sola?

In confronto, noi viviamo molto felicemente. Abbiamo cibo, acqua, buoni vestiti. Non vi manca nulla, assolutamente nulla. Abbiamo persino una chiesa vicina, buone spiagge, buone montagne. Abbiamo mobili e persino un pianoforte e un uomo che vi insegna a suonare e a cantare. Tuo padre è un grande truffatore che ruba agli altri per farti vivere bene. Quindi, su con la vita Giulietta, dovrai sposare Gaetano e come noi ti darà una bella vita»

«Non lo amo e sposerò Romeo. Madre, ho bisogno di te, vieni, devi consolarmi. Sono triste e sola, voglio che tu stia con me.»

«Figlia, la felicità è in te, non devi soffrire.»

«Ho il ghiaccio nel cuore da molto tempo, non ho il coraggio di sentire così tanto. Non importa quanto amore ho, non c'è cura per l'amore. Le lacrime bagnano il mio cuore e la mia anima. Madre, sono infelice, non vedo Romeo da molto tempo.»

La madre dice:

«Alla tua età la vita ti sorride. Non riesco a trovare la causa della tua infelicità, dimmi cosa c'è che non va in te, perché soffri?»

«L'anno scorso, quando ero sulla spiaggia, mio padre mi ha raccontato molte storie, era sfortunato e aveva i suoi dolori, ma io mi sentivo triste nel cuore. Non avevo la forza di amare.»

«Solleva il tuo spirito e sarai felice, tuo cugino ti darà una buona vita.»

«Non lo voglio», fu la risposta. «Voglio Romeo.»

Romeo dà a Giulietta il suo primo bacio. Si gira perché vede un'ombra, ma niente, era un cane. Va alla spiaggia e torna indietro. Vede nel buio un'ombra e si avvicina: è Giulietta, lì ad aspettare l'angelo del suo conforto. Pronuncia un nome nel buio: Giulietta, Romeo, ti amo...

Si avvicinano alla stanza. Trovano una lampada a olio, un tavolo e si siedono l'uno di fronte all'altra. Il giovane amato era lì, che la guardava nel buio. Giulietta gli dice:

«Ho portato la tua immagine nel mio cuore per molto tempo. Tutto mi disturba quando non sono con te, ti amo troppo»

«Non posso andarmene, sono triste.»

Lei risponde:

«Non ti ho più visto da quella sera»

«Mia madre è malata, ho dovuto starle accanto e ora sta bene.»

«Parlami di lei, dimmi se è felice.»

«Mia madre non è felice, non è come tante signore felici. Vive sempre triste e sacrificata a grandi affetti. Questa è la continua battaglia della vita. Cade senza forze a causa del caldo.»

«Tua madre, Romeo, merita il conforto di un grande dolore.»

«Questo è il mio sogno, vedere mia madre felice. Siamo figli di gangster. A volte vedo un sorriso sulla bocca di mia madre, ma poi sparisce subito in battaglia e la vita continua. Ci si abitua ai commenti, ma questa è la vita, Giulietta. Mia madre è molto buona e vuole che io sia felice, tutta sotto lo stesso tetto, guardando il suo viso dalla finestra della sua camera.»

«Fallo per tua madre. Confortala nei suoi grandi dolori.» «Questo è il mio sogno, Giulietta. Forse è il tuo amore che mi spinge. Bisogna vedere il sacrificio della grandezza di un amore. Mia madre è una donna semplice ma rispettosa. A volte la mia speranza scoppia, ma poi vedo gli occhi di mia madre che mi guardano con affetto. Più grande è il pericolo, più calore c'è in famiglia, Giulietta. Non voglio vivere lontano da mia madre, è molto buona, non voglio lasciare mia madre con i suoi grandi dolori.»

Nel frattempo si sente un rumore di passi molto silenziosi. È il vecchio scudiero che è andato a vedere i cavalli e poi è tornato a dormire. La presenza di quel signore rende gli sposi più accorti e si salutano. Sono giorni di carnevale. Lei lo lascia in anticipo, gli stringe la mano, lo abbraccia, i loro cuori battono insieme. Romeo è in strada e l'abbraccia appassionatamente.

Bussano alla porta. Le opere di Mazzini sono sul tavolo quando entra Eugenio, il suo migliore amico, con un'espressione molto turbata.

«Che ti succede, perché sei così?», dice Romeo.

«I telegrammi dall'Africa sono una terribile catastrofe: ci sono molti morti, persone sacrificate, la fine del mondo. L'impresa africana è disastrosa, nessuno avrebbe visto un tale disastro»

La culla della scienza: Tolomeo, Annibale e Scipione, la città di Memphis, da Cartagine ad Alessandria. Finché nel suo sogno ebbe la coppa di Cesare, un monumento come eroe e martire. L'Italia piange, l'Africa non ride. Segati, Dogali, Amba Alagi, Machale, Adria. Mostra i barbari che vogliono il sangue d'Italia: Menelik, Maconen, Mancascio, Res Alula. I selvaggi confessano di volere il sangue dell'Italia e dei figli d'Italia.

Portano i geni dei genitori e sono i loro discendenti. Portano le aquile del Campidoglio e volano tutti verso l'Artico. Sono stati capaci di domare Galli, Germani, Cimbri, Sciti e Cartaginesi. Un popolo forte e possente che piega le ginocchia. Andarono a rischiare la vita, combattendo con tutte le loro forze contro i loro nemici. Non ci riuscirono e morirono. La compassione è vile e lascia molto affetto nel cuore degli italiani. Cosa dirà l'Europa, agitata da sentimenti diversi.

«Eugenio, i greci erano gloriosi. Povera Italia, Eugenio. L'Italia, culla della civiltà e prima al mondo, non se lo merita. Negli ultimi tempi con tante guerre e disuguaglianze, tanti telegrammi che arrivano dall'Africa. Perché muoia, lasci eredi di civiltà e amori agli italiani. Cosa dice l'Europa? Che è la culla dell'oro.

I greci si gloriarono dei 300 spartani caduti alle Termopili. L'Italia conserva il turpe ricordo dei morti di Novara, Ceferina, San Quintino, Custoza. Napoleone dice che gli italiani morti con le armi in pugno verso le piramidi sono coraggiosi. In Russia assassini, Waterloo, Francia, diversi nuovi arrivi dal

Sudan registrano diverse pagine. Pompei gloriosa, Mario e Silla, Annibale e Amilcare, Temistocle e Aristide.

Coraggiosa nelle sconfitte e nelle vittorie è stata l'Italia. Ci sono ragioni che giustificano tanta fatica e grandi criminali. D'altra parte, l'Italia ha grandi eroi, soldati, vittime, mutilati. Chiameranno come grandi eroi le vittime dei tedeschi, hanno sofferto la felicità del continente nero africano e hanno combattuto per amore dell'Italia. Morire per la patria. C'è la tomba, anche se la vita immortale, lo dirà la storia, i volumi di vivranno nelle pagine immortali di Cristoforis, Toselli, Galliani, Da Barmida, Arimondi.

Migliaia e migliaia di persone muoiono con il nome dell'I-talia come ultima parola. Viva l'Italia! Chi era gravemente malato è morto con il nome dell'Italia in bocca e nella mente.»

«Romeo, quando la guerra sarà finita, andrai da Giulietta?»

«Non posso vivere lontano dalla mia Giulietta.»

Giulietta gli scrive una lettera che recita:

«Sono triste, malinconica e morta nel cuore. Passo le ore in lacrime, malinconica, morta dentro e senza speranza. Vicino al sole ti ho visto galoppare, con la speranza di vederti al cancello. Al galoppo su un cavallo bianco, ecco come ti ricordo. Ricordo anche una gabbia dorata, con luci chiare, freddo e buio. Le stelle splendenti, le stelle splendenti, tutte mi salvano e mi portano nel firmamento. È caldo, il mio cuore è felice e i brutti sogni se ne vanno.

Sei partito Romeo, mi hai lasciata sola con la mia tristezza. Mi consola il cuore ricordare il tuo amore eterno. Le campane suonano allegramente, un canto di angeli alla tua partenza. Era grave, anche la luna era oscurata. Quando ci incontreremo di nuovo? Ricordati di me. Mio padre e mia madre sanno il nostro amore, quanto ci amiamo. Vieni presto, cuore mio»

Romeo finisce di leggere, piange senza sosta e dice:

«Bella creatura, non è passato poco tempo da quando l'ho lasciata. Quell'uomo batte ancora nel mio cuore. Se prende il vino e non vuole ubriacarsi, l'amore, la natura del fuoco, una fiamma si accende, un amore che non se ne va. Il mio cuore in fiamme che non si spegne e comincia a rispondere prima personalmente. Oh, amore mio, leggerò la lettera molte volte, le lacrime vengono lentamente»

Giulietta glielo dice:

«Vado a fare un altro viaggio. Sì, sono la figlia del reo e devo seguire mio padre, nella buona e nella cattiva sorte. Tutto è nelle mani di Dio»

Mentre si allontana, Romeo si sdraia e dice:

«Giulietta, fammi prendere un goccio»

«Lo lascio a te. Moriremo insieme, amore mio. Un bacio di morte.»

17

STORIA DI UNA DONNA INGANNATA
DA UN GENTILUOMO
SENZA SCRUPOLI

Francesco fece il servizio militare obbligatorio a Trieste, dove conobbe una ricca signora e la corteggiò senza scrupoli. Lei si innamorò dello straniero, che era molto vanitoso. Lo disse al padre, che le rispose che non voleva lo facesse, che era figlia unica. Lei insistette e il padre le disse: «Se vai con quello sconosciuto, non tornare»

Ogni palazzo che vedevano, lei gli diceva: «È questo?2. Lui rispondeva di no, che il suo era migliore, più alto e più bello. Finché non arrivò al villaggio di Alia, un villaggio molto bello con pianure e montagne, ma la portò in una zona fuori dal villaggio, molto povera.

Quando entrò nella baracca, la trovò così povera, con un piccolo letto con un materasso di paglia, una cucina che era un fornello a legna, nero e sporco. Povera Doña Oiola, non aveva nulla di cui lamentarsi ed era rimasta sola con l'amore della sua vita.

Non aveva mai pensato che il padre l'avrebbe cacciata di casa, pensava che si sarebbe goduta la ricchezza, ma si sbagliava. Quando il padre la cacciò di casa, lei prese dei vestiti e dei colori da signora. Li indossò per cucinare, lavare e raccogliere l'acqua. Ma tutte le persone la criticavano quando usciva. Lui andava in campagna e la lasciava sola, arrivando a casa sporco e con le scarpe piene di terra.

Il pavimento era sporco, un vero disastro, ma a lei importava solo dell'uomo che la amava e del quale si era innamorata. Non c'era modo di tornare indietro. Quando andò a riempire l'acqua all'uscita da scuola, i ragazzi le gridarono: «Doña Oiola con tre canole, una balla per te e due anelli per te»

Stava diventando vecchia e rugosa, ma girava sempre con il suo vestito elegante e i suoi colori. Non si lamentava mai. Questa è la conclusione: una donna veramente innamorata è così. Sarebbe impensabile che una donna innamorata si sottoponesse a tanta cattiva vita e a tante necessità da sopportare per amore. Che i giovani seguano il suo esempio, se sono veramente innamorati.

18

GLI UOMINI NON PIANGONO

Il cuore dell'uomo deve sopportare in silenzio tutti gli amori e i sentimenti negativi. La donna non comprende i sentimenti, sa che deve vivere bene e non vuole lavorare o fare lavori domestici e tanto meno mangiare. Va a mangiare in posti dove fanno hamburger e hot dog, insegna ai suoi figli a mangiare quel tipo di cibo e loro crescono senza voler fare nulla. Molti sono i senzatetto.

Se vedete un bambino sporco che chiede l'elemosina per strada, è a causa di una cattiva educazione. Fa uso di droghe, che è la cosa peggiore, o ruba. È necessario arrivare a una situazione così deplorevole? Dobbiamo fare uno sforzo: non tutto è perduto. Ci sono molte famiglie molto buone e laboriose che insegnano ai loro figli a studiare e a lavorare e questi crescono come dei gentiluomini. Si vestono molto bene, spendono poco e mangiano bene. Si tratta di buoni genitori, con una buona educazione. È ammirevole, si chiama saper vivere.

19

DONNA SENZA VERGOGNA

«Amore mio, perché hai il seno e la gamba fuori»

«Perché gli uomini mi trovino più interessante.»

«Non mi piace.»

«Se non ti piace, lasciami, ma tienimi tu.»

«Se me ne vado, non tornerò e non ti sosterrò.»

«Puoi andartene, ma devi sostenermi. Se non lo farai, ti denuncerò. Amore mio, posso trovare un compagno migliore di te, qualcuno che abbia soldi, un giovane. Che sia tu, un vero giovane che sia pazzo di me. Gli uomini cadono in ginocchio se vedono un seno in fuori.»

Angel, un amico gli dice: «Amico, non continuare a stare con quella donna, non fa per te»

Lui risponde:

«La amo e se mi lascia mi uccido. Lei è la mia vita»

«Non mi lascerai finché non lo vorrò io, sei pazzo di me. Devi sapere che ho smesso di amarti, ti sto usando per i soldi che mi dai. Ho un'altra persona e mi sto approfittando di te. Stai piangendo per me.»

Che stramba! Ai miei tempi c'era rispetto per gli uomini. Oggi è una vergogna.

20

LA MAFIA DELLA MIA TERRA

Questa è la storia della terra in cui sono nata. Duecento anni fa c'era un mafioso chiamato Salvatore Piedra. Era un proprietario terriero nella capitale della mia terra.

Una veggente passò di lì e gli disse che gli avrebbe letto la mano. Lui accettò e lei gli disse che lui sarebbe stato ricco e anche i suoi figli, ma i suoi nipoti avrebbero strisciato come cani randagi per terra. Lui rispose: «Sparisci da qui. Se non lo fai, ti minaccio»

Erano incaricati di corrompere le persone per costringerle a consegnare loro il quotidiano o le avrebbero messe in prigione, minacciando di ucciderle. Questa era la mafia. Con i vari compagni, agiva in vari paesi, corrompendo, rubando animali e bestiame, raccolti. Nella vicina capitale, gli imprenditori dovevano pagare loro i vaccini.

Si arricchirono e derubarono la gente ovunque andassero. Erano così ricchi che si diedero il titolo di cavalieri. In un caso di alto profilo, ci fu un grosso furto di bestiame e riuscirono a mettere in prigione due figli per trent'anni. Uno dei figli di questo signore aveva studiato per diventare avvocato. Quando stava uscendo dalle scale del tribunale, scese e uno dei fratelli venne ucciso. L'altro, dopo trent'anni, uscì a parlare sul balcone, accanto alla nonna e al figlio.

I loro nomi erano Fermín, Jorge e Rafael. I nipoti Martino, Momo, Hector, Agustin, Giuleb, Carlitto, Salvatore. Erano tutti nati felici di essere ricchi, con il titolo di cavalieri in mano. Il padre pensava che sarebbero diventati mafiosi, ma nessuno di loro lo seguì, né i nipoti né i figli.

I malviventi che si avventano sul vecchio si sentiranno persi e si nasconderanno per molti anni. Inizia la guerra e c'è Mussolini, che mise fine alla mafia. Per quarant'anni nessuno avrà più notizie di loro, la famiglia diventa un'ombra e non si vede più nessuno.

I figli del mafioso, Fermín, Jorge e Rafael, erano molto tranquilli, non sapevano cosa il padre avesse fatto con la mafia. Sposavano persone ricche e andavano alle fiere di paese con i loro abiti impeccabili. Una delle mogli, quando arrivava il marito, buttava via tutti i vestiti.

Un giorno, un bambino era malato e aveva detto alla toilette di non toccare la maniglia della porta. Il bambino ci pensò e decise di non ascoltare la madre. Le disse che non l'avrebbe ascoltata. Quando arrivò il momento e come se non lo sapesse, la donna non collaborò. Furono tagliati fuori e l'intera proprietà fu ipotecata perché non sapevano come gestire il palazzo. Vendettero tutto quello che avevano costruito. C'era molta gente che comprava monete d'oro, vasi, statue e il pianoforte che suonavano.

Molte persone sono impazzite per spendere nei saldi. Nessuno di loro ci ha pensato. Con persone e amici ricchi, non sapevano come gestirsi. Persero tutto, proprio come aveva previsto l'indovino, e poi comprarono una trebbiatrice a credito. I vicini li sfamarono. La moglie non aveva più speranze e quando gli amici compivano gli anni, non mandavano loro piatti.

Una volta andò da suo padre per trebbiare il grano e i suoi stivali erano legati con un filo di ferro. Il padre le disse che la bambina era molto intelligente e le chiese di fare una moltiplicazione a due cifre a mente. Improvvisamente, ci riuscì, all'età di otto anni.

Il nipote più grande, Martino, studiava ingegneria agraria. Era tempo di cambiare, effettuare una grande distribuzione agraria e un'Italia socialista, in cui c'erano molte riforme agrarie. Sposò una donna ricca, una produttrice di automobili. Aveva una laurea ed erano tutti molto gentili.

Suo fratello si era diplomato, ma era tornato a rubare animali. Rubavano tutto quello che trovavano e mettevano in prigione persone innocenti. Gli altri andarono alle stalle, ma alcuni di loro andarono a trovare il padre che era in gravi condizioni. Era andato al campo e uno di loro era sul passo.

Uno dei cugini lavorava in un'agenzia di viaggi. In quell'agenzia di viaggi, la KLN, un impiegato gli chiese se sarebbe venuto a visitare il Venezuela. Lui rispose: «Con quali soldi? Non sono un dirigente, sono un impiegato che è stato con la mafia e li ha conosciuti quando erano bambini»

21

STORIA DEL MIO VILLAGGIO: ALIA, 1615 - 1860

Alia era all'epoca un feudo del XVII secolo. La Sicilia era sotto il dominio spagnolo grazie al Re Filippo III e a Pietro Celeste, barone e marchese di Santa Croce, uomo politico dell'epoca, per conto della moglie Francesca Cifuentes.

Barbara grazie alle colonizzazioni del paese di Alia, il decreto di concessione a Madrid, il 7 maggio 1615, a causa dello scompenso del monarca e del feudatario negli anni successivi, 1623. Per duecento anni il barone e il marchese rimasero proprietari di Alia. La Sicilia fu divisa e Palermo fu chiamata «La Conca d'Oro»

Giovanni Verga. Manzara val Dermone assume Santuzi Chianchitelli. Belatassa Lavatore, Barbara Timpi D'arsala, Marco Tubianco, Cozo de Ciciro, Setepate Vauso, Bacuce Quatroponte, Passo del Marchese di Santa Rosalia, Valle degli Innocenti, Agualonca Burdine, Bevario Bosco Cozzo, Cuerva Sanguinche.

22

CONTRO LA MAFIA

C'erano molte persone che lottavano contro la mafia. Ho conosciuto il padrino di mio marito, che lo ha confermato, e la cugina che ha sposato uno di loro.

Ha lavorato contro la mafia e ha sfamato l'intero carcere di Palermo. Traeva profitto dall'esportazione di pomodori e carbone negli Stati Uniti, ma questo non durò a lungo. Diversi commercianti collaborarono con lui.

Il padre ci lasciò l'intera Calle Arquímedes a Palermo. Purtroppo a poco a poco si perse completamente. Viveva in un piccolo bilocale, ma purtroppo non ebbe fortuna e fu ucciso dalla mafia.

Tutti coloro che erano contro di essa, prima o poi facevano una brutta fine. Questa è la triste storia.

23

I PIÙ GRANDI CRIMINALI
DEL MONDO

Lucio Drago nacque a Montemaggiore. Da giovane era stato molto studioso, anche se di religione. A quel tempo c'erano molti attentati e Vittorio Emanuele III era il Re d'Italia. C'erano grandi criminali, come Gioja e Dolores. Tanti giovani si sono sacrificati per l'umanità, era una cosa seria in quel periodo. Giuseppe Garibaldi disse che era stato un errore giudiziario, ma c'erano coinvolti i soldi della mafia.

Tra i nomi più noti dell'epoca c'erano i fratelli Agostino, Antonino, Rosalino e Vincenzo Drago Salemi. Questo accadeva quando mio padre non era ancora nato. Ci fu un lavoro culturale a favore di Rosalino Liboria e Virginia Rosa Vasallo, la famiglia Drago, che abitava accanto a mia nonna.

Agostino fu ucciso sul patibolo e Antonino in prigione. Rosalino e Vincenzo uscirono vivi dal carcere dopo trent'anni. La madre morì di crepacuore e un operaio di Salvo complicò le cose per la famiglia. Trent'anni... Povera madre. Miseria e morte, la Sicilia invasa dalla corruzione dopo la prima guerra mondiale.

Pipitunazo, Passo di Lupo, Tirdinare Sena, il suo sogno era un ampliamento della Bravatura e lo cerca nel documento. Nel 1296 il trono di Sicilia era occupato da Federico H. D'Aragona, dai baroni e dai marchesi. Era una buona possibilità di governo. Il fratello Di Giacomo II, re d'Aragona, lasciò il potere a Carlo II, proprietario di Napoli, che si ribellò con il fratello Bonifacio VIII e rimase in Sicilia. Fu l'ideatore dei Vespri siciliani, ai quali partecipavano uomini, donne e bambini.

Nel 1282 Giovanni di Mileto di Palizzo, erede di Matteo, apparteneva a una famiglia di origine catalana. Nel feudo di Alia un'altra storia iniziò il 5 maggio 1366, con l'atto di Giacomo di Starano, di Palermo. Il feudo di Alia passò in possesso di Reinaldo Crispi e il castello di San Nicolò fu lasciato ai suoi eredi, che dovevano rimanere in Sicilia sotto il dominio di Re Federico e del suo erede. Essi vendettero l'intero feudo, che fu accertato da Re Federico. L'erede di Crispi fu mandato al servizio militare obbligatorio, a cavallo, armato dal proprietario per venti once d'oro del feudo.

Reinaldo Crispi, erede a causa della ribellione del Re Martino e della regina Maria, torna nel luogo di nascita del feudatario di Alia. La proprietà è del 1397, quando Guglielmo di Lazaro ne prese possesso secondo il documento di Giacomo Crispi. All'epoca dei Vicari, con i grandi feudi di Martino, la perdita della proprietà del feudo era legata alla forma di vassallaggio di Guglielmo Lijano, l'ultimo gerarca feudale. Non c'era forza per vincere la disputa da parte del figlio di Giacomo, Enrico, che aveva rivendicato la regione.

Il 10 ottobre 1401, il Re Martino nominò erede Enrico Crispi. Nel 1406 e nel 1414, il capitano di giustizia di Trapani, molto prestigioso ad Alia, avanzò economicamente, così come il fratello Pietro Romano, il figlio Giovanni. Nel 1461 passò in possesso della stessa famiglia e Crispi vendette Alia a Vincenzo Imbarbaria, per la somma di undici ori.

Il diritto è riservato ai miei eredi, Vincenzo Imbarbaria con Eleonora Crispi di Federico, con l'unione del barone Pietro e di tre donne: Laura Pallisera di Tortorice. Alla morte del marito, Eleonora tiene il piccolo Pietro, erede, così come i conti e gli schiavi, il 7 maggio 1537.

Il sottoscritto, Andres Drago Saleme, domiciliato a Montemaggiore Belsito, si è recato direttamente alla delegazione di P.S. e si trova a Montemaggiore, proveniente dal tribunale di Termine Merese. Il Cardinale era un Calogero e un testimone oculare. Conosce la P. S. Alessandra Concetta, moglie di Giuseppe Battaglia, domiciliata ad Alia.

Incontrò il vero assassino, Gualcuno Pagano con la barba nera e Ponazo Privera con la barba bianca. Si mascherarono tutti con barbe dipinte e si nascosero con i soldi rubati all'assassino Di Marco. Panepinto Anna, Antonino Panepinto, Rosalia. Era il nunzio, che conosce le gravi circostanze. Solito Giochino e Cotone moglie di Nicolò.

Questi sono i veri colpevoli, gli assassini, che hanno perso il marito e causato un conflitto con la polizia. Lui era in America e si divertiva a fare baccanali con i dollari che hanno rubato a Di Marco, Battalla e Concetta, ad Alia. Non potendo nascondere il delitto, dichiarò di essere figlio di Cotone e morì nella lontana America.

Il signor Bernardo Mulé Di Stefano tornò ad Alia. Cotone, Cuponazo, Pagano e Solito erano stati accusati e la giustizia aveva trionfato. Agostino Drago fu giustiziato con la sua grande condanna, mentre Antonio morì di crepacuore. Drago, Rosolino, Vincenzo, Di Salvo, Francisco il Cugino, nei bagni penali di Procida e Ancola.

Il sottoscritto, nipote dell'innocente, si mise a disposizione dell'E. V. per conoscere la verità. La famiglia e lo Stato avevano rubato, incuranti della legge e della coscienza. La famiglia Drago non possedeva alcuna proprietà. Erano in contatto con senatori, deputati e avvocati per conoscere la verità. E. V. III che la giustizia è attesa tanto sottoscrisse I E. V. Si ordinò una revisione e che venisse fatta da magistrati esterni alla comunità di Alia. Residente di Montemaggiore Belsito, 5 ottobre 1901.

Andrea Drago Salemi denunciò il pubblico ministero, rappresentante del processo presso il tribunale di Termine Merese. Il cardinale Lucio era Calogero, testimone oculare dove si parla di regali a Rosalia Di Marco ad Alia. Il tribunale era corrotto in un piccolo paese, Alia. Cosa sarà in tutta la Sicilia?

Nella notte tra il 31 luglio e l'1 agosto 1872 uscirono ladri e malintenzionati. Una povera vecchia signora di ottant'anni chiamata majata. La povera vecchia viveva con il nipote Di Marco e la fecero sparire. Deposero il cadavere vicino al letto e lo misero sul fuoco. I vicini diedero l'allarme e sorvegliarono il fuoco fino all'arrivo dei parenti e delle autorità.

Nessuno dei vicini parlò, perché avevano paura. Due infami fecero il nome di Fra Drago e le autorità lo arrestarono. Avevano trovato un pollo sul tavolo, con le posate, mentre aspettava che il nipote mangiasse. Era venuto da Montemaggiore e stava tornando quel giorno. Mentre arrivava, le autorità avevano scambiato il sangue del pollo per sangue umano. Un grosso errore! Il ragazzo non era in paese, stava lavorando la terra e con le mucche.

Il nipote di Di Marco la trovò agonizzante e gli fu detto che quelli che erano stati lì non erano riusciti a parlare per la gravità, che aveva un buco in gola ed era in preda al dolore. Chiesero chi fosse stato e siccome non riuscivano a parlare, fu sufficiente per condannarlo alla Corte d'Assisi di Palermo. I fratelli sono stati mandati in prigione. Uno dei fratelli disse alla corte che il sangue era del pollo, ma loro insistettero che si trattava di sangue umano.

Di Marco fu portato alla Corte d'Assisi, a Palermo, il 29 agosto 1873. Il 12 maggio fu Agostino e fu giustiziato nel 1874 nel carcere di Palermo, con gli occhi morti e stanchi per il pianto. Si preparava ad andare al patibolo nella piccola cella illuminata da una lampada funebre. Vide un'immagine sulla parete e disse con gli occhi al cielo: «Dio mio, abbi pietà di me, sono innocente», pensando a sua madre. «Sono innocente.»

Chiuse gli occhi e li riaprì pensando alla sua povera madre. Arrivò il sacerdote agostiniano Drago, era giunta l'ora e lo stavano aspettando. Gli disse: «È giunta l'ora» Gli diede il crocifisso da baciare e andò al patibolo. Prima parlò e disse: «Aliesi, io sono innocente. Mi hanno portato al patibolo, ma sono innocente» Baciò il crocifisso. Tutto accadde come previsto e lui morì, decapitato. Il padre disse: «Devo pregare per questo peccatore, non sanno quello che hanno fatto»

Era una giornata di sole a Palermo. Ai palermitani che avevano partecipato all'evento, il Padre consegnò un ricordo: «Fratelli, palermitani, vi invito a venire nella parrocchia di Santa Lucia a pregare per questo innocente»

Trent'anni dopo, per la famiglia Drago era tutto finito, come previsto. I nipoti andarono a cercarlo. Erano i figli e i nipoti di Damiano. Nella notte tra il 31 luglio e l'1 agosto 1872, i giudici e gli uomini dell'autorità competente, il procuratore di Palermo, con il procuratore di Termine da Cotone, Nicola Pagano, Giovanni Solito, Giochino il Porrazo, Vincenzo, il Cugino di Termine e altri di Alia.

Rosalia Di Marco viene lasciata in carcere con dei contanti. Dall'altra parte della strada viveva Sabino Di Marco, un altro mafioso invitato dalla zia. Il ragazzo Cosimo aprì la porta ed entrò a guardare, vestito da gangster. Chiuse la porta e volle vedere dov'erano i soldi. Il povero Cosimo morì.

Andrea Drago Salemi in questa denuncia, il pubblico ministero rimproverò al processo nel tribunale di Termine Merese, al cardinale Lucio il giudice Calogero, la testimonianza oculare. Si sa degli occhi comuni di Porrazo, Vincenzo. Una zia catalana, Rosa, vedova Battaglia di Alia, sa del delitto perché era una confidente di Nerone Catalano. Il nipote Di Marco andò a trovare il macifondo, amico di Salvatore.

Antonio andò a distruggere la dichiarazione ad Alia. L'infelice Di Salvo Francesco si vide incriminare la corte di Assisi e contare il delegato Rasmondini Vincenzo, al servizio di P. S. Termine Merese. Rimase a lungo ad Alia, S. V. III, 1011. Miceli Salvatore ricevette il reato di autore e Ponazo Vincenzo, Solito Giochino, lo manda 1100 in denaro.

È indispensabile senza un avvocato. Salvatore Guccione di Montemaggiore, vicepretore di Alia all'epoca del delitto, iniziò una sfida al processo nel 1872. Il delegato Gafa, residente ad Alia, volle conoscere la verità a ogni costo e svelò la verità della famiglia E. V. III. Ci si aspetta giustizia e, quindi, I E. V. rivide sul serio.

SULL'AUTRICE

Teresa Di Sclafani De Nasca è nata in Italia. Ha vissuto anche in Venezuela e negli Stati Uniti.

ALTRE OPERE DI
TERESA DI SCLAFANI DE NASCA

-Il mondo secondo Teresa Di Sclafani

-Il diario di Teresa Di Sclafani

-La mafia secondo Teresa Di Sclafani

Ciascuna è disponibile in castigliano, inglese e italiano.